Gwisgodd y ddau eu crysau pêl-droed a'u sgarffiau glas i gefnogi'r Gwenyn Gleision sef tîm y pentref. Paentiodd DJ eu hwynebau yn las hefyd. Roedd y ddau'n edrych yn gefnogwyrtastig!

'Www dwi'n edrych ymlaen!' meddai Bili wedi cyffroi.

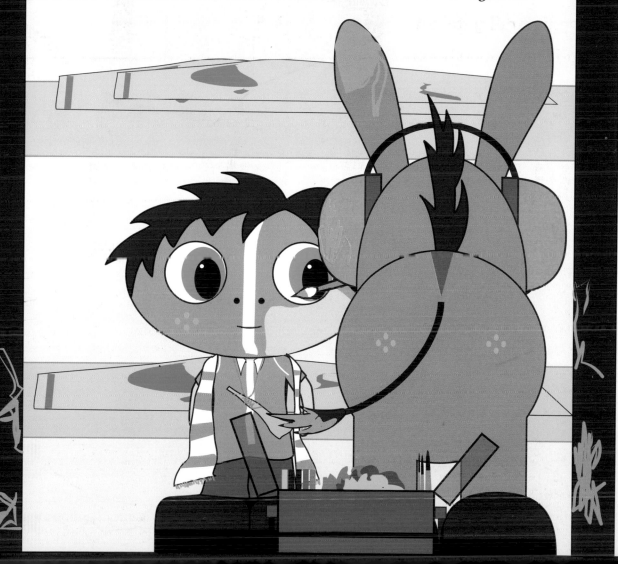

Yn y gegin, roedd Mr Boncyrs yn gwneud ymarferion i gynhesu ei gyhyrau. Mr Boncyrs oedd y reffarî yn y gêm. Roedd Mr Boncyrs yn edrych yn ddifrifol iawn gan mai hon oedd gêm fawr ola'r tymor – mor bwysig â ffeinal Cwpan y Byd yn y pentref!

Roedd Mrs Boncyrs, Mili a Tili wrthi yn torri orenau a darnau o felon ar gyfer hanner amser.

Yn y parc roedd band yn chwarae'n swnllyd a'r tîm arall, y Concwerwyr Cochion, yno'n gynnar. Roedden nhw'n gwisgo crysau coch llachar ac yn edrych yn fawr ac yn heini! Roedd tîm y pentref yn edrych yn ofnus iawn!

'F-f-fyddwn i ddim yn licio chwarae yn erbyn rheina!' meddai DJ gan grynu.

Roedd Mr Boncyrs ar fin chwythu'r chwiban pan sylwodd fod rhywbeth o'i le.

'Dim ond 10 aelod sy'n chwarae i dîm y pentref!' meddai, 'ry'n ni un yn fyr ac mae'n amser dechrau'r gêm'. Edrychodd ar ei oriawr a chrafu'i ben.

6

'Bili, dere i chwarae!'

'Fi?!' meddai Bili'n syn.

'Byddi di'n iawn... Gloi nawr!' gwaeddodd Mr Boncyrs wrth redeg i'r smotyn canol er mwyn dechrau'r gêm. Siglodd Gerallt, capten tîm y pentref, law Bili wrth iddo redeg ar y cae.

'T – Î – M y pentre, T – Î – M y pentre ydy'r gore!' gwaeddodd Tili a Mili gan neidio a dawnsio.

'Hwrê Bili! Dewch mlân Gwenyn Gleision!' gwaeddodd DJ.

Chwythodd Mr Boncyrs ei chwiban a chiciwyd y bêl i'r awyr. Roedd y bêl yn symud yn gyflym ac roedd Bili druan yn teimlo ar goll. Roedd pawb arall yn llawer hŷn na Bili a choesau hirach ganddyn nhw.

Dyma'r tîm arall yn pasio'r bêl rhwng ei gilydd, yn ôl ac ymlaen. Roedd Bili yn ffaelu'n deg â mynd yn agos at y bêl gan fod yna fachgen tal blin o'r enw Bari'n ei farcio fel cysgod cas.

Yn sydyn, dyma'r bêl yn dod i gyfeiriad Bili!
'Bili!' gwaeddodd Gerallt ond, na, fe roddodd Bari
ei droed o flaen Bili druan a'i faglu nes iddo
gwympo'n slwtsh i ganol y mwd. Roedd y
Concwerwyr Cochion yn chwerthin am ben Bili ond
doedd Mr Boncyrs heb weld y dacl gas!

Dyma Gerallt yn helpu Bili ar ei draed ac wrth iddo wneud, fe sgoriodd Bari gôl i'r tîm arall gan neidio mewn llawenydd.

'Oi!' gwaeddodd Tili a Mili, 'dyw hynna ddim yn deg!'

Erbyn hanner amser roedd y tîm arall ddwy gôl ar y blaen
ac roedd pethau'n edrych yn go dywyll ar dîm y pentref.

'Mae'n rhaid i ni basio i'n gilydd a gweithio fel tîm!'
meddai Gerallt wrth fwyta'r darnau o oren a melon oedd ym
masged Mrs Boncyrs.

'Does dim ots pwy sy'n sgorio, jest bod y Gwenyn Gleision
yn ennill!'

Ar ôl hoe fach, dyma'r gêm yn dechrau eto a Gerallt yn pasio ar hyd yr asgell ymlaen ac ymlaen nes…

'GÔL!!' gwaeddodd DJ Donci Bonc a cholli ei bop ar hyd bob man.

Roedd tîm y pentref wedi cael ail-wynt ac yn chwarae'n dda. Yna, fel roedd Bili'n dechrau blino, dyma Gerallt yn sgorio eto! Roedd y ddau dîm yn gyfartal!

Dyma'r dorf yn gweiddi ac yn clapio ac roedd Bili yn teimlo ei fod yn chwarae yn ffeinal Cwpan y Byd!

Yna, dyma Bari yn cwympo i'r llawr ar ei bwys ac yn dechrau sgrechian.

'Beth sy'n bod arnot ti?,' gofynnodd Bili'n syn.

Dyma Bari yn wincio'n slei ar Bili wrth i Mr Boncyrs roi cic gosb i'r tîm coch.

Bari gymerodd y gic a'i hanelu at y gôl. Ciciodd y bêl yn galed galed a dyma hi'n hedfan at y gôl, bwrw'r baryn ac yna sboncian yn ôl gan ei daro'n sgwâr ar ganol ei dalcen. Cwympodd ar ei hyd ar lawr!

'O diar!' meddai Mr Boncyrs gan wincio ar Bili. 'Stretsier plîs!' meddai wedyn a chafodd Bari ei gario o'r cae.

Roedd munudau ola'r gêm yn agosáu a phawb yn canu o amgylch y cae.

'T – Î – M y pentre ydy'r gore! Crysau glas, daliwch nhw mas!'

Roedd plant ar ysgwyddau eu tadau a phobl yn clapio a chwibanu.

Yna, mewn eiliad, dyma Gareth yn pasio i Bili a oedd yn sefyll o flaen y gôl.

'Bili! Dy bêl di!' gwaeddodd.

"IEEEEEEEE

Dyma Bili'n stopio'r bêl ac yn troi yn ei unfan. Roedd y gôl-geidwad yng nghanol y gôl yn edrych arno'n flin. Yn sydyn aeth pawb yn dawel o gwmpas y cae a phob un llygad yn edrych ar Bili. Roedd fel petai am drio sgorio gôl bwysig yng Nghwpan y Byd. Dyma fe'n taro'r bêl ac fe wyliodd hi'n hwylio i fyny i'r awyr cyn glanio'n ddiogel yng nghornel y rhwyd!

'IEEEEEEEEEEEEEEEEEEI!' gwaeddodd pawb gan neidio i fyny ac i lawr a chwythodd Mr Boncyrs y chwiban olaf.

21

Cariodd pawb Bili ar eu hysgwyddau a chododd ef y cwpan aur uwch ei ben.

'Bili, Bili, Bili yw ein harwr ni!' gwaeddodd pawb yn un côr.

'Does dim rhaid twyllo mewn gêm i ennill!' meddai Bili gan wenu wrth iddo gael ei gario heibio Bari, 'Mae hi wastad yn well gweithio fel tîm!'

Ac wrth i'r haul fachlud, dyma pawb yn cerdded adref yn llawn cleber a chwerthin i gysgu a breuddwydio am y diwrnod enillodd Bili a thîm pêl-droed y pentref y cwpan aur am y tro cyntaf erioed!

Bili Boncyrs – seren y gêm!!!

Hefyd yn y gyfres...

www.bydboncyrs.com